LES
JOUETS

CE QU'IL Y A DEDANS

PAR

HENRI NICOLLE

Se vend à Paris

CHEZ E. DENTU, ÉDITEUR

LIBRAIRE DE LA SOCIÉTÉ DES GENS DE LETTRES

Palais-Royal, 17 et 19, galerie d'Orléans

—

M DCCC LXIX

LES JOUETS

Tiré à petit nombre.

—

LES

JOUETS

CE QU'IL Y A DEDANS

PAR

HENRI NICOLLE

Se vend à Paris

CHEZ E. DENTU, ÉDITEUR

LIBRAIRE DE LA SOCIÉTÉ DES GENS DE LETTRES

Palais-Royal, 17 et 19, galerie d'Orléans

M DCCC LXVIII

AVANT-PROPOS.

« Сᴏᴍᴍᴇ au temps où notre enfance curieuse ouvrait les poupées et les polichinelles pour voir ce qu'il y avait dedans, regardons, s'il vous plaît, sans les casser toutefois, ce qu'il y a dans les jouets de l'Exposition. »

Ainsi disions-nous, un jour de 1867, aux lecteurs de l'*Étendard*, en commençant une série d'articles qui ne furent pas trop mal accueillis.

On nous affirme que leur reproduction pourrait encore, à l'heure qu'il est, avoir quelque intérêt. Nous nous laissons facilement persuader, et nous publions ce petit volume.

« Il y a d'abord, poursuivions-nous, que c'est une industrie considérable qui emploie à Paris environ 40,000 ouvriers, qui fait l'occupation principale de plusieurs petites villes de province, et l'accessoire de pas mal de gens de campagne; elle entre, dans le produit du commerce de Paris, pour une somme de 25 millions. Que de joujoux à passer en revue, peut-on penser, depuis le jouet à un sou, dont l'histoire n'est pas la moins curieuse, jusqu'au jouet de luxe auquel nous arriverons tout à l'heure, et pour lequel Paris est sans rival! »

Que ceci nous serve de préface.

LE JOUET A UN SOU.

ʟᴀ boutique à un sou, qui prome-
nait jadis son étalage roulant par
les rues, et ne s'établissait guère
qu'au plein vent de la foire, s'ins-
talle aujourd'hui dans les rez-
de-chaussées aux murailles nues
des maisons de nouvelle construc-
tion qui attendent encore leurs locataires. Pour
avoir des airs de notable patenté, son fonds n'a
pas changé, ce sont toujours les maréchaux, les
crécelles, les balances, le coq qui chante, les
sifflets, les puits, les petits jeux de cartes, les dés,
les poupées et les poupards, etc., et tout cela,
comme le crie la voix du tentateur, à cinq centimes,
un sou. Nul n'y résiste, l'enfant s'approche, le papa

fouille à son gousset, et ainsi s'explique, par le grand débit, le bénéfice possible de cette industrie.

Que de façons cependant pour le plus simple de ces objets, dont le prix modique est pour étonner. Un sou ces belles dames qui en sont restées au Directoire, et qui, dans peu, si la mode, à l'Empire aujourd'hui, remonte encore, seront appelées à donner le ton. Un sou! Elles ont une tête peinte, des bras en papier collés le long du corps, des bras nus, comme il convient à Mme Tallien, par dessus une tunique faite d'un chiffon de gaze sur un dessous de papier rose; elles ont des cheveux, toute une coiffure qui, si vous voulez ce détail de fabrication, s'obtient ainsi : Figurez-vous une bande de papier où, de place en place, à distances égales, une mèche de cheveux est fixée; autant de mèches, autant de chevelures. L'ouvrier a près de lui son pot à colle; un tour de doigt enduit la poupée, un autre tour y applique le ruban chevelu que les ciseaux coupent à l'endroit voulu. Voici les cheveux posés; une épingle enfoncée pour retenir la rondelle de carton qui représentera le chapeau, une plume plantée dans la tête : c'est une Mme Tallien coiffée. Passons à une Mme Recamier.

Et ces maréchaux qui, roides sur un jeu de coulisses et le petit marteau fiché en pleine poitrine, frappent l'enclume à tour de rôle : cinq

centimes ces maréchaux, un sou ces maréchaux
de France (un jeu de mot par dessus le marché),
croyez-vous que le travail en soit trop cher payé?

Encore n'est-ce point un sou que cela rapporte
à l'ouvrier qui les fabrique, car la grosse lui est
payée 4 fr. 80 c., soit 40 c. la douzaine, 3 1/3
la pièce. — Êtes-vous curieux d'autres prix? Le
sifflet sera de moindre rapport. La grosse se
donne à 1 fr. 50 c., un peu plus de 1 centime
pièce, et à 2 fr. 50 c., un peu moins de 2 centimes
l'instrument, s'il est percé de deux trous et
s'allonge en flageolet.

Bone Deus! qui travaille pour ce prix-là? De
bonnes gens qui ne se plaignent pas. C'est à la
Capelle (Aisne) que se font les jouets dits au tour,
tels que quilles, toupies, etc. Liesse, dans le même
département, a la spécialité des joujoux fendus,
les maréchaux, les crécelles, les balances... Les
flageolets sont la spécialité de Saint-Claude (Jura).
La Capelle compte deux ou trois fabriques où les
ouvriers travaillent dans les ateliers. Liesse a
d'autres habitudes : chacun travaille chez soi, la
famille se divise la besogne; l'un taille, l'autre
sculpte, celui-là peint, celui-ci ajuste. Arrivent à
de certaines époques des étrangers qui établissent
les cours; ils prendront tant de grosses, tant de
mille, au prix convenu; c'est presque une com-
mande. Au moment de la livraison, les ramasseurs

passent, et peut-être pensez-vous que l'argent comptant va joyeusement sonner au creux de la main de l'artiste en jouets.

Point, l'usage est autre. Il y avait jadis un épicier du pays qui, pour les sommes qui revenaient à ses clients, leur ouvrait un compte nominal. Ceux-ci prenaient à son magasin des denrées jusqu'à concurrence de leur avoir; mais comme l'épicerie ne fournit pas à tous les besoins de la vie, l'épicier donnait des bons de viande et de pain qui avaient cours chez les bouchers et les boulangers des environs. A ce métier, l'épicier en question a sans doute fait fortune. A ses successeurs d'en faire autant, puisque tout le monde s'en arrange.

Liesse, ou Notre-Dame-de-Liesse, dont l'église célèbre est un lieu de pélerinage, exécute aussi, pour les fidèles, des calvaires dans des bouteilles. Mais ce ne sont plus là des jouets.

Certains endroits, dans le Nord et dans l'Est, en Normandie aussi, sont pour les jouets des centres de fabrication à bon marché. Villers-Cotterets fabrique les canons en bois, les pelles et les rateaux qui font faire de si beaux pâtés de sable aux Tuileries.

Strasbourg construit les voitures, les puits, les boutiques d'épicerie et les débits de tabac. Metz a les petites cartes à jouer, les cartes aux demandes et réponses que vous connaissez; la carte question, par exemple, demande : Mon mari sera-t-il blond? La carte réponse tirée au hasard dit : Si vous mangez des confitures. C'est le burlesque de la conversation avec un sourd; le jeu en tire son piquant. Lallier, dans l'Eure, fournit la petite ferblanterie de ménages. Tous les jeux de dominos, les dés à jouer, les jetons en os, viennent de Méru dans l'Oise. Les poupards et les poupées à un sou généralement sont fabriqués en Picardie. Quant à Paris, à chacun son tempérament : dans le joujou à bon marché, il revendique le tambour et le mirliton, le tapage et la gaieté, sans compter la poésie enroulée.

Paris encore est assembleur et monteur de pièces, et c'est là une singularité très-particulière de cette curieuse fabrication. Celui qui s'intitule, au Marais, fabricant de voitures de bois, fait venir les roues de Villers-Cotterets, qui joint ce petit charronnage à son industrie, la caisse du département de l'Eure, les chevaux de chez son voisin d'à côté qui les a achetés moulés en Picardie, et ne fut que l'artiste qui les a peints; il demande également au bourrelier les harnais et les brides, de telle sorte que le vendeur en gros n'est, comme nous le disions tout à l'heure, que l'assembleur.

La boutique à un sou n'est pas sans tenir sa

place sur les tableaux du commerce extérieur.
C'est du Tyrol qu'elle fait venir ces petites
poupées qui n'ont de peint que la tête jusqu'aux
épaules, les jambes jusqu'à la jarretière et les bras
jusqu'aux coudes; jambes et bras s'articulent; la
poupée, qu'on peut habiller, fait des grâces,
s'incline, s'assied, s'agenouille comme une maquette de peintre.

Ce sont les bergers qui, tout en gardant les
troupeaux dans les hautes solitudes, taillent, avec
leur couteau, la plupart de ces petites poupées. La
grenouille qui saute vient du Tyrol autrichien. La
Saxe rhénane et la Saxe royale, qui fabriquent les
animaux drapés, et, en général, les jouets fins,
fournissent encore à la petite boutique les ber-
geries et les arches de Noé. Disons en passant
que le bas prix de la main d'œuvre chez elles leur
permet d'établir certains jouets à un bon marché
que le pays inventeur ne saurait atteindre, et de
s'en créer une spécialité *(Sic vos non vobis)*. C'est
ainsi que le bébé, d'invention française, est, à
cette heure, presque exclusivement exploité par
la Saxe.

Les Piémontais, qui avaient autrefois le monopole des soldats de plomb, venaient à certaines
époques de l'année les vendre à Paris; ils y sont
maintenant établis; mais ce sont là soldats ordi·
naires de la boutique à bon marché; les soldats

fins se vendent à Nuremberg. Nous y reviendrons.

Pour aujourd'hui, restons en France et passons aux joujoux de luxe. Ajoutons seulement que les soldats d'origine piémontaise sortent encore, à l'heure qu'il est, du moule primitif qui semble dater du premier Empire : ils appartiennent tous, par le costume, à la grande armée.

Nuremberg est au courant des uniformes modernes.

LES JOUETS DE LUXE.

 os joujoux de luxe comprennent les armes, les poupées articulées, les grands ménages de métal et de porcelaine, les pièces mécaniques, etc., et les jouets dits historiques qui naissent le plus souvent d'un à-propos.

Lorsque, par exemple, parut le livre de *César* de l'Empereur, il y eut tout aussitôt dans le monde de la fabrique des jouets des commandes de chars antiques, d'éléphants porteurs de tours, de Romains et de Gaulois armés en guerre. Ce ne sont pas, comme on pense, à des artisans vulgaires que s'adressent de pareilles commandes.

Paris est merveilleux pour cela : dans quelque branche que ce soit de son industrie, il possède des intelligences supérieures, et c'est bien là ce qui rend également sa fabrication supérieure.

Il y avait, au beau temps où vivait, encore inconnue, cette bohême dont Mürger devint l'historien, un garçon tout feu, tout flamme pour les arts; les doigts sur un piano, il improvisait; la main à la plume, au pinceau ou à l'ébauchoir, il écrivait, Dieu me pardonne, et peignait et sculptait. Où prendre sa voie au milieu de tant d'aptitudes? Il était un matin sorti de la boutique de jouets de son père; un soir, les circonstances de la vie l'y ramenèrent. Il joue son personnage dans les *Scènes de la vie de Bohème;* il a son nom sur la place de Paris, et c'est M. Schanne qu'on vient trouver lorsqu'il s'agit d'un jouet qui demande quelque science.

Un char antique traîné par des bœufs! on lit le livre de *César* et il semble que ce soit facile à traduire en joujou. Assurément, rien de plus facile si l'on se contente d'un à peu près, mais soyez artiste, soyez soucieux d'exactitude historique, et voilà que seulement pour le joug, pour savoir comment les Romains jouguaient leurs bœufs, il faudra se perdre en recherches de vieux textes, de vieilles gravures, et c'est dans le *Dictionnaire,* enfin consulté, *des Antiquités romaines* d'Anthony Rich, que vous trouverez votre affaire.

L'éléphant encore, ce n'est pas tout que d'en

aller faire, au Jardin des Plantes, une maquette
d'après nature; Schanne y emploiera huit ou
quinze séances et rapportera une cire qu'un Mène
ne dédaignerait pas; le joujou exige des réalités et
veut que l'animal soit recouvert d'une vraie peau.
Je dirai tout-à-l'heure quelles peaux servent à
habiller les autres quadrupèdes, il suffit de comprendre qu'aucune de celles-là ne convenaient à
l'éléphant. Que faire? Essayer, s'ingénier. La peau
du gant de Suède appliquée alla à miracle, la
peinture se chargea de figurer les rugosités de
l'épiderme.

Mais ainsi réussi, ce n'est point un jouet; le
jouet doit conserver son caractère joujou. Allons,
maître sculpteur, dût le cœur te saigner, tu n'es
ici qu'un fabricant, exécute-toi. Voici le pinceau
et le pot à couleur; un barbouillage à ce bout du
nez, du rouge au coin de l'œil et dans la gueule,
le sacrifice sera fait, et c'est à ce prix qu'on obtient
le joujou qui réjouit les enfants.

Les animaux se font en carton moulé; la peau
qui les recouvre, pour la vache, le cheval, le chien
à poil ras, est du veau mort-né. Les peaux de
moutons mérinos et d'agneaux d'Espagne servent
naturellement aux moutons de toutes grandeurs;
elles habillent aussi le caniche frisé.

La plupart de ces animaux reposent sur une
boîte à soufflet qui leur donne — j'allais dire la

parole — et pourquoi pas, puisqu'ils sont appelés
à cause de cela joujoux parlants?

A chacun son cri : le chien aboie, le mouton
bêle ; d'où viennent ces différences de voix?
Ouvrons la boîte. Pour le chien comme pour le
mouton, le soufflet se ferme par un ressort, mais
le soufflet du caniche se relève franchement,
tandis que le ressort du soufflet destiné au mouton
est modéré par une crémaillère figurée par une
tige ondulée. Dans les joujoux de prix, le bêlement
s'obtient en appuyant sur la tête qui cède et se
relève.

L'enfance paraît avoir un grand goût pour les
quadrupèdes, cependant elle a des préférences.
J'ai connu un petit garçon à qui l'on avait donné
un tigre ; il n'avait pas assez d'admiration pour les
belles rayures de la bête : « Oh! le beau tigre! »
disait-il en·extase. Cela devint une passion et
bientôt il ne voulut, plus se coucher sans son
tigre. Mais le cas est rare; la statistique des fabricants établit que, parmi les animaux, ce sont les
bêtes féroces qui se vendent le moins; le cheval,
le chat, le mouton, sont très-demandés, le chien,
par dessus tous, est en faveur. Ce penchant
s'explique aisément, et le livre des *Chiens célèbres*
ne manquerait pas de le signaler à l'éloge du
chien comme à celui de l'enfance; personne n'y
contredira.

Nous passons aux armes. C'est une belle vitrine
que celle de M. Andreux, au coin du salon des
jouets, et qui, en dépit des amis de la paix, a son
succès parmi le petit monde qui attend ses mous-
taches. J'en sais même bien d'autres qui ne sont
point indifférents à ces fusils, à ces canons qui
semblent plutôt des modèles réduits que des
jouets.

Mais y pensez-vous, s'écrient ces petits neveux
de l'abbé de Saint-Pierre, ce sont là des engins de
destruction qui ne peuvent qu'inspirer aux enfants
des idées de férocité, entretenir dans la génération
qui s'élève les instincts guerriers, et à jamais
reculer l'heure du désarmement général des na-
tions, qui sera le couronnement de la civilisation.

Par quels jouets ils entendent les remplacer,
nous en dirons la comédie tout-à-l'heure.

Voici une pièce rayée. Vous connaissez-vous en
artillerie? Approchez, s'il y manque quelque
chose ce sera donc un perfectionnement né d'hier.
Le canon sur son affût se comporte comme une
pièce véritable; tout ce qui sert à le charger se
trouve à sa place; le caisson, qui s'accroche à
l'affût, est monté sur ses roues. Le timon garni
n'attend plus que les limoniers et les chevaux
ou mulets de volée pour que la pièce entre en
campagne.

Un jour, au palais des Tuileries, l'attelage fut

réclamé; ce jour-là, M. Andreux alla demander la collaboration de M. Schanne; Vincennes fournit les modèles, et nous laissons à penser avec quelles exclamations de joie l'œuvre achevée fut reçue par l'Enfant à qui le jouet était destiné.

Avant d'établir son industrie à Paris, M. Andreux l'exerçait à Plombières, où l'Empereur, alors, venait chaque année. Sa Majesté eut occasion de visiter ses ateliers, qui l'intéressèrent. Elle y retourna, et s'étant convaincue qu'Elle avait sous la main l'homme qu'il lui fallait, Elle lui fit exécuter, sur ses indications, — c'était avant 1859, — le premier modèle du canon rayé qui devait contribuer à faire victorieuse pour la France la campagne d'Italie. Le fait, assurément, est curieux. De pareils antécédents obligent, et ils expliquent la perfection que M. Andreux tient à apporter dans sa fabrication.

Son art, cependant, ne s'applique point seulement aux armes de luxe, aux sabres damasquinés, aux fusils, nécessairement aujourd'hui à aiguille, qui ont une capsule et qui font aux Tuileries d'aristocratiques belligérants pour des Sadowa en miniature; M. Andreux pense au petit monde prolétaire.

Voici des pièces de canon depuis 9 fr. la douzaine, des sabres à 10 et 12 fr. aussi la douzaine, et savez-vous ce que, bon an, mal an, l'armurier

de l'enfance vend depuis quelque temps de ces
armes? Cela se compte ainsi par mille :

Pièces de canon. . . .	5,000
Sabres damasquinés. . .	1,500
Sabres à bon marché . .	10,000
Fusils	70,000

Or, ces fusils, sont une conquête nationale.

En 1848, les Belges étaient les seuls fabricants
d'armes-jouets? depuis deux ans, ils ont complé-
tement abandonné cette branche d'industrie. Les
Allemands nous empruntent bien encore nos
modèles, mais ils n'arrivent qu'à une imitation
imparfaite et à un prix de revient plus élevé que
le nôtre dans une proportion notable, et dont un
seul article pourra faire juger. Certain modèle de
fusils de luxe par nous vendus 60 fr. la douzaine,
atteint chez eux le chiffre de 100 fr. la douzaine,
et voici comment, pour cette industrie, le marché
de l'Europe nous appartient à cette heure.

C'est dans des ateliers qui rappellent les fabriques d'armes sérieuses que travaillent les armuriers
en jouets de M. Andreux. Le dire nous fournira
l'occasion de noter une exception.

Les conditions de travail, pour les ouvriers en
jouets, ont, en effet, bien changé depuis quelque
temps. La fabrication se fait à domicile; l'ouvrier,
sans doute, travaille davantage : quatorze heures,

souvent plus, à son gré, au lieu de huit, mais il évite le cabaret, sur le chemin de l'atelier, il mange en famille et, comme temps, argent et moralité, il y gagne de toute façon.

Depuis les démolitions pour la rue Turbigo, cette catégorie d'ouvriers en chambre qui habitait entre les rues Chapon et du Temple, au Marais, au centre de la fabrication des jouets, s'est réfugiée, quartier Ménilmontant et à Belleville.

Le jouet n'est pas sans avoir emprunté à la science et aux découvertes modernes. Vous avez vu les ménages en métal, couteaux, fourchettes, vaisselle plate et surtouts dressés sur les tables des belles dînettes. Les balanciers ont joué leur rôle pour donner leur forme aux ustensiles, et la galvanoplastie a joué le sien pour les faire d'or et d'argent, tels qu'on va les demander à M. Dehors, que nous retrouverons aux poupées et aux jouets de récréations instructives, pour lesquels il entre en rivalité heureuse avec la Bavière, qui semblait en avoir le monopole.

Le jouet s'aide encore de cette même science moderne pour être inventeur, et c'est ainsi, en revenant à la vitrine de M. Andreux, que nous trouvons un petit bateau à vapeur qui glisse sur l'eau comme un navire à hélice.

Comment il marche et avec quoi? C'est sans doute le secret de l'inventeur. Je ne puis dire que ce qu'on voit. Figurez-vous un petit cylindre en cuivre posé sur une lampe à esprit de vin et percé d'un trou. Ce qui sort par ce trou, gaz ou vapeur, est lancé dans un conduit tubulaire qui aboutit sous le bateau, près du gouvernail. L'eau, frappée d'une certaine façon par le moteur, imprime le mouvement au petit steamer; là est l'invention. On a fait fonctionner le jouet sur les lacs du jardin réservé; la durée de sa marche est, suivant la capacité du récipient, d'un quart d'heure à une demi-heure.

C'est en voyant ces applications que les pacifiques ont songé à demander des joujoux industriels, des scies circulaires qui n'ont pas le dangereux inconvénient des capsules pouvant par hasard éclater, mais qui, à raison de tant de tours à la minute, coupent un pouce en un rien de temps, et les cinq doigts de la main d'un jeune inexpérimenté en moins de deux secondes; — ou bien un beau bœuf se démontant suivant le système d'anatomie clastique du docteur Auzou, pour montrer ses différents estomacs. On y pourrait ajouter les divisions sur pied des catégories de la viande, de telle sorte que du pâturage à la boucherie, les connaissances faites pour donner à l'enfance l'amour de l'agriculture avec le sens pratique du beef-steak, et pour tourner son esprit aux travaux de la paix, seraient complètes.

— N'aimerais-tu pas une petite charrue à vapeur pour labourer ta plate-bande? disait une de ces âmes douces à son fils.

— Oui, papa.

— Ou bien un bœuf qu'on verrait ruminer? Choisis, mon cher Paul.

— Oui, papa; donne-moi ce gros canon.

L'anecdote pourrait avoir du vrai, et le père, dit-on, serait parti pacifiquement furieux, promettant à ces armuriers, suppôts, près de l'enfance, du démon de la guerre, des foudres qui n'ont point empêché le jury de décerner à M. Andreux une des sept médailles d'argent attribuées à la classe 39.

LES POUPÉES

LES AUTOMATES

 ES poupées, dites Huret, du nom de leur inventeur, ont créé une nouvelle industrie dans le commerce des poupées de luxe, et, à ce titre, elles ont leur place marquée dans l'histoire des jouets.

Vous les voyez à l'Exposition, vous les aviez déjà vues au boulevart Montmartre, montrant leurs grâces enfantines à la devanture de leur propre maison. Ce sont des petites blondines, aux yeux émaillés, à la figure de porcelaine ; elles sont vêtues en petite fille, à la dernière mode du jour :

robes courtes, décolletées et jambes nues, chaussées
de souliers découverts; ou pelisses, manchons et
bottes hongroises, suivant la saison. Vienne le car-
naval, portant, comme Perrette,

Cotillon simple et souliers plats

voire de mignons sabots avec des bas bleus, elles
sont déguisées en laitières normandes, et le bonnet
de coton sur l'oreille les rend toutes friponnes. En
temps ordinaire, mademoiselle fait salon dans de
beaux meubles à sa taille; elle reçoit ses amies et
leur offre le thé dans un service en miniature. Mais
il faut croire que l'heure du coucher a sonné : la
voilà coiffée de nuit, toute longue dans une grande
chemise, à côté d'un berceau auquel rien ne
manque à l'intérieur, ni l'oreiller de dentelle, ni le
couvre-pied piqué, ni, à l'extérieur, les rideaux de
mousseline doublés de rose : « Ça, nous les fer-
mons, ces rideaux; soyez sages, mesdemoiselles,
et ne réveillez pas votre petite maman. »

Chapeaux, gants, bijoux, robes et linge de corps,
fauteuils, lits et literie, le trousseau pas plus que
l'ameublement ne laisse à désirer; j'aperçois même,
si par hasard la jeune personne voyage, sa malle à
compartiments et son sac à la main. Dans la pensée de l'inventeur, qui est une femme, la poupée
que tout d'abord elle livrait quasi nue, devait être
habillée par l'enfant qu'on en faisait possesseur;

mais les doigts des petites filles sont malhabiles, et bientôt, obligées de leur venir en aide, les mamans, qui avaient autre chose à faire, demandèrent à acheter des vêtements confectionnés. C'est alors que lingères, fourreurs, cordonniers, ébénistes en fin, layetiers, etc...., tous les corps de métiers travaillèrent sur modèles à cette nouvelle industrie à laquelle la poupée Huret donnait naissance et qui créait à la fois des ouvriers spéciaux, car il est à remarquer que les couturières ordinaires, par exemple, refusent de travailler pour les poupées.

Le métier cependant n'est pas mauvais, les femmes y gagnent de 3 à 4 francs par jour. Il s'est fondé, dans les parages de la rue de Choiseul, des maisons de confections de poupées qui ont fait plusieurs fois fortune.

La poupée Huret en elle-même constituait un progrès sur la poupée de peau qu'elle a détrônée et qui était roide en ses mouvements. La gutta-percha employée à sa fabrication permet le moulage à part de ses différentes parties, bras et jambes, qu'on assemble après, en les montant sur des noix au moyen desquelles on obtient les articulations.

On sait ce que c'est que la gutta-percha, une cousine germaine du caoutchouc, qui, comme lui, coule d'une incision pratiquée à un arbre originaire de l'Inde. La meilleure gutta-percha paraît être celle de Ceylan; ses applications à l'industrie sont nombreuses; elle n'a que l'inconvénient de venir de loin, par conséquent de coûter fort cher, et d'autant plus cher que les naturels savent faire entrer dans les blocs expédiés, de la terre et des pierres d'un certain poids. C'est assurément entendre l'exploitation du sol, et l'on voit qu'aussi loin qu'on veuille aller, il se trouve des gens pour comprendre le commerce.

Quoi qu'il en soit, le prix de la gutta-percha, qui varie entre 11 et 14 francs le kilogramme, explique le prix également élevé de la poupée Huret, et le chiffre de 12 à 1,500 poupées, relativement restreint, de sa fabrication annuelle.

Mais la poupée ainsi fabriquée a l'avantage de survivre aux accidents qui attendent les poupées en ce bas monde. Lorsque autrefois la peau recevait quelque accroc, le son s'échappait par la blessure, petit à petit le sujet perdait son sang, le corps devenait flasque, les membres se désossaient, c'en était fait, et devant cet affreux dépérissement, il n'y avait pas de docteur à invoquer, il fallait pleurer son enfant; le moindre choc au front encore emportait la tête, et les larmes non plus n'y pouvaient rien. Aujourd'hui, qu'est-ce que c'est qu'une tête fêlée! Le marchand voit cela. Est-ce grave? Il fait venir de sa fabrique de l'Isle-Adam une tête nue toute semblable et l'applique à la place de l'autre. Si la chevelure de l'ancienne n'a pas reçu d'atteinte, il la plantera même sur la nouvelle, si bien que l'œil d'une mère ne peut que s'y méprendre, c'est la même fille. S'agit-il d'un bras ou d'une jambe, on les remet également bien ; quelle que soit la fracture, il y a remède à tout, et cependant l'hospice de Mlle Huret voit parfois des cas rares, témoin celui-ci dont sa clinique garde le souvenir.

C'était l'hiver, au coin d'un poële : une petite fille jugeant que sa poupée devait avoir froid aux pieds, les lui avait introduits avec sollicitude dans la bouche de chaleur. La gutta-percha fond à une certaine température. Horreur! lorsque l'enfant voulut coucher son bébé réchauffé, le bout du pied collait au poële, et comme elle faisait effort pour le dégager, à mesure qu'elle tirait, la jambe s'allongeait. La poupée, avec des jambes d'une aune, arriva de province accompagnée d'une lettre qui contenait de longues recommandations au sujet de la pauvre estropiée, et qui disait : « J'ai tant de chagrin de m'en séparer quand elle est si malade. Mademoiselle, ne la faites pas trop souffrir, et si cela doit être long, donnez-moi, je vous en prie, de ses nouvelles. »

Si j'étais le moindrement moraliste, cette petite

lettre, où se traduit le doux éveil chez un enfant des sentiments maternels, me donnerait une transition naturelle pour m'élever contre les mœurs des autres poupées de mon temps.

On me les montre, à cette heure, habillées en petites dames, affichant un luxe insolent de robes à traînes; impertinentes, elles me regardent à travers un pince-nez, et se promènent, un petit chien sous le bras, avec des *suivez-moi jeune homme* accrochés dans le dos, dont je rougis pour elles.

Lorsque la poupée était un baby, l'enfant était sa petite mère, et les soins qu'elle lui rendait, d'après ceux qu'elle recevait, lui faisaient comme un apprentissage de son rôle futur dans la société. Aujourd'hui, elle ne saurait plus être que la femme de chambre de ces belles vilaines qui pourront lui en apprendre long. Comme on dit déjà qu'il n'y a plus d'enfants, avant peu, probablement, on pourra dire qu'il n'y a plus de poupées. L'un, sans doute, est la conséquence de l'autre, et cela sans doute encore suffit pour m'autoriser à passer brusquement à un autre sujet.

Un mot encore cependant sur la chevelure des poupées Huret. L'astracan fut d'abord essayé pour les coiffer, mais il avait des épis qui y firent renoncer; on ne pouvait d'ailleurs, à cause de la raie,

couper la petite perruque que dans le milieu du
dos de l'animal. Aujourd'hui la fabrication se sert
de la chèvre du Thibet.

Il est, au salon des jouets, une encoignure d'où
sortent des chants d'oiseaux et que la foule
assiège. C'est chose fort curieuse, en effet, de
voir des oiseaux empaillés dans un buisson de
fleurs et d'arbustes, sauter d'une branche à l'autre,
battre des ailes, ouvrir et fermer le bec, et, par
un gosier artificiel, moduler les notes du rossignol, de la fauvette ou du pinson.

Ce ne sont évidemment pas des jouets; cela
forme sujet de pendule sous globe ou objet d'étagère lorsque l'oiseau est présenté captif dans une
cage dorée; mais, par le mouvement, ces pièces
mécaniques se rangent parmi les automates tels
que les lapins musiciens ou les singes prestidigitateurs; et d'ailleurs, l'inventeur des oiseaux chantants expose aussi des petits jardiniers qui sont de
vrais joujoux; ils font jambe droite, puis jambe
gauche en avant, et marchent, poussant devant
eux une brouette. De même que les oiseaux,
quelques tours de clef les animent.

L'âme des oiseaux chantants réside, en effet,
dans un mouvement de pendule, un rouleau
épinglé comme celui des boîtes à musique, un

jeu de soufflets et un corps de sifflet avec un petit piston qui va et vient, entre et sort pour piquer la note.

L'imitation du chant est parfaite, et l'on s'étonne, constatant l'exactitude, sur ce point, poussée jusqu'au scrupule par l'inventeur, d'entendre la voix du rossignol sortir du gosier d'un oiseau rouge ou bleu.

« Hélas ! dit avec un soupir M. Bontems, cet inventeur, il faut vendre ; l'étranger trouve le rossignol trop terne, il demande l'oiseau rare aux couleurs éclatantes. »

Cette réponse dénonce à qui s'adresse cette industrie. Ses amateurs ne se trouvent point en France. A peine l'Exposition a-t-elle amené trois acheteurs français, un de Lille, un autre de Marseille, et le troisième horloger de Bar-sur-Seine, un homme, au moins celui-là, qui veut le réel dans l'art, et à qui il a fallu le chant du rossignol dans un rossignol empaillé.

Les Anglais sont friands de ces pièces, pourvu toutefois que l'ornementation du socle ne représente pas d'amours tout nus. La main sur les yeux, ils en demandent, au nom de la pudeur des dames britanniques, la transformation en petits ramoneurs de noir vêtus. L'Inde et en général l'extrême Orient professent la plus grande admiration pour les oiseaux de M. Bontems. Les nababs

en font venir. L'Empereur de Chine en avait un ;
il a fallu la prise de Pékin pour le savoir ; l'oiseau
était au nombre des objets rapportés du Palais
d'été et dont on voulut faire argent à la salle
Drouot. Le voyage ayant fort altéré sa voix ; on
alla trouver notre fabricant qui eut, comme on
pense, un certain orgueil en reconnaissant sa cou-
vée dans la cage d'or aux panneaux émaillés dont
le Fils du Ciel lui avait fait honneur.

Mais tout ce commerce, j'imagine, doit monter à
peu ; les pièces se vendent depuis 40 francs jusqu'à 2,000 francs ; le chiffre d'affaires de la maison
roule entre 30 et 50,000 francs ; le bénéfice possible là-dessus, est-ce de l'eau à boire ? D'où je
conclus qu'il faut une vocation pour entreprendre
ces petits tours de force de mécanique.

On sera fils d'armurier dans les Vosges, par
exemple. Un garde-chasse qui fréquente la boutique est, par hasard, empailleur à ses loisirs. Le
petit bonhomme admire ce talent. Sans rien dire,
un matin, il prend un fusil, descend un moineau,
s'escrime avec sa dépouille, et montre un soir son
œuvre au garde :

« C'est toi, petit, qui as empaillé cela ? Oui-dà,
tu es passé maître, la bête est vivante.

— Non fait, monsieur le garde, car elle ne parle
pas. »

Et voilà la pensée de faire chanter un oiseau
empaillé à l'état d'idée fixe, qui hante et partout,
en son tour de France, accompagne l'apprenti
devenu ouvrier, puis patron.

La chose trouvée, M. Bontems, nous a confié
son tourment nouveau. Un merle qui siffle, c'est
bien, un homme qui parlerait serait mieux. « Chut !
trois fois en trente ans j'ai abandonné mon bonhomme, mais du jour où je me suis rendu compte
que l'organe de la voix humaine n'était qu'une
trompette, avec la langue pour régler le son ;
— tenez, je parle haut : rrr'a ; je parle bas, la
langue n'agit pas, et le son ne fait que le bruit de
l'air exhalé, — de ce jour-là, je me suis dit :

« Tu n'es qu'une bête si, sachant ce que tu sais,
tu ne réussis pas. Monsieur, j'ai là-haut mon
apprenti qui se nomme Séraphin ; mon automate
dit *Scerraphin* ; j'obtiens aussi les syllabes sif-
flantes : *c'est ça, qu'est ce que c'est ça.* Encore un
an ou deux, et mon homme parlera comme vous
et moi. »

Trente ans et puis deux ans, n'êtes-vous pas
tout près d'admirer cette patience désintéressée
qui, comme celle du génie, poursuit une œuvre,
une œuvre qui, malheureusement ici, et quelque
intelligence qu'elle ait demandée, ne sera qu'une
pièce curieuse. Trente-deux ans ! et pour quel
but ?

Ah ! permettez, nous allons révéler le mystère du métier. Un automate, si son propriétaire ne l'exploite pas lui-même, s'afferme à l'année, se loue au jour, et vaut des rentes. Il n'y a pas long-temps, un vieux saltimbanque vint à se retirer, sa fortune faite, après avoir couru le monde avec un automate joueur de flûte. N'en espérant guère, car, à vrai dire le flûteur rendait quasi l'âme sur son instrument, il le mit, à dessein de le vendre, chez un bric-à-brac où il resta longtemps. Il trouva marchand cependant, et le malin qui l'acheta au poids de la vieille ferraille ne fit pas une mauvaise affaire. Celui-là, comme on dit, se connaissait à la partie et rafistola si bien l'automate qu'à l'heure qu'il est il fait encore son solo à la satisfaction des amateurs, dans une exhibition du boulevart, et rapporte en moyenne 15 francs par soirée à son maître.

Voilà le profit. Quant à la gloire, si nous n'é-tions discret, nous dirions en quel endroit et comment elle attend peut-être M. Bontems et ses oiseaux. Dans tous les cas, l'inventeur compte appliquer sa voix humaine à des perroquets qui demanderont : As-tu déjeuné Jacquot ? dans toutes les langues, et contre lesquels le persil ne pourra rien.

P. S. — Nous pouvons maintenant dévoiler le mystère. L'Opéra comique, lorsque nous écrivions ceci, avait eu un instant l'intention de compléter l'illusion d'un décors de forêt vierge avec les bengalis de M. Bontems, qui auraient ainsi fait leur partie dans le *Robinson Crusoé* du maestro Offenbach.

LES JOUETS MÉCANIQUES.

N jetant un coup d'œil, aux derniers jours de l'exposition, sur les vitrines de la classe 94, j'ai retrouvé le petit bonhomme mécanique qui, mettant un pied devant l'autre, pousse une brouette devant lui. Je reviens sur ce jouet pour dire ce qu'il offre de particulièrement ingénieux et en rendre l'honneur à qui de droit.

La classe 94, comme on sait, était une des plus intéressantes. Jusqu'à cette heure, le fabricant avait toujours bénéficié de l'invention de l'ouvrier créateur. Par cela seul qu'il avait la mise de fonds nécessaire pour établir l'objet, le marché ouvert et la boutique pour l'écouler : « ceci est à moi, » disait-il ; il l'exposait, et après en avoir touché le

3

profit, il en recueillait la gloire. L'exposition de 1867 a mis fin à ce déni de justice en créant une classe spéciale pour les œuvres conçues et exécutées par les ouvriers.

Le petit jardinier automatique revient à MM. Lamour et Roullet. Au salon des jouets, il ne faisait que recevoir l'hospitalité de M. Bontems. Cet exposant lui prêtait, le long de ses buissons pleins de vols et de chants d'oiseaux, l'espace qui lui manquait dans la vitrine de sa classe, pour déployer son savoir-faire. Où d'ailleurs un jardinier pouvait-il être mieux qu'en une allée bordée d'arbustes en fleurs et dans laquelle le rossignol chantait?

De sa profession, M. Lamour est sertisseur, mais à ses heures de loisir il sacrifie à la mécanique. Le mécanisme de la marche trouvé, restait l'exécution. Les pièces automatiques sont mues d'ordinaire par des mouvements d'horlogerie qui rendent le prix de revient des objets auxquels on les applique trop élevé pour qu'ils soient livrés dans les conditions de bon marché qui en feraient la vente considérable et la fortune assurée.

M. Roullet est, au contraire, mécanicien patenté; il a des ateliers et des machines pour faire, à l'emporte-pièce, toutes sortes de choses en métal qui demandaient une main-d'œuvre difficile et de nombreuses façons. — « Donnez-moi donc vos

modèles de roues et de leviers, a-t-il proposé à
M. Lamour ; c'est bien mon affaire de vous en
découper, en un rien de temps, des centaines qui,
pour l'égalité des dents et la parfaite exactitude
des branches, défieront la main du plus habile. »

Chose proposée, chose acceptée. De cette façon,
les pièces qui composent le système de M. Lamour
se fabriquent avec une différence de prix incom-
parable ; — un barillet, par exemple, qui coûte
2 fr. 50 par les procédés ordinaires, exécuté par
l'outil à découper de M. Roullet, ne revient pas
à 60 centimes ; — et l'association peut livrer le
petit bonhomme mécanique, qui aurait valu
20 francs, pour 8 fr. 50.

C'est dans ce procédé de fabrication des rouages
à l'emporte-pièce que se trouve le progrès pour le
jouet automatique et le problème résolu de son
bon marché.

Nous devons conseiller à M. Steiner de l'appliquer au cheval qu'il a inventé. Il est charmant ce petit cheval, il a des façons toutes
gracieuses et même naturelles de faire la cour-
bette du cou en même temps qu'il lève l'une après
l'autre, en les arrondissant, sa jambe gauche et sa
jambe droite, articulées au garrot, au genou et au
boulet. Le sabot mord, en avant, sur le sol ; tout
le système suit, — et que l'enfant veuille son
cheval de trait ou de selle ; fouette, cocher !

éperonne, cavalier! l'animal fournit sa glorieuse carrière. Mais il coûte 100 francs; les chevaux de ce prix ne sont pas à la portée de tous les donneurs d'étrennes; qu'il fasse exécuter son mouvement par M. Roullet, il n'en coûtera plus que 20.

Il est encore charmant le bébé de M. Steiner, un bébé à qui l'on donne un tour de clef dans le dos, le voilà monté. Sa petite maman le dodeline dans ses bras :

> Là, là, fais dodo
> Arlequin mon p'tit frère,

Elle croit qu'il ne demande plus qu'à dormir ; elle le pose doucement dans son berceau... Ah ! bien oui; il n'est pas plutôt couché qu'il jette les jambes en l'air, pousse des cris et tend ses bras. Il faut le reprendre et le promener pour le faire taire. — Fi le vilain enfant, mon beau trésor !

M. Steiner, ou celui-là qui lui donna l'idée du bébé volontaire, connaissait bien ces chers tyrans, à qui la faiblesse maternelle cède au premier cri. Quelle leçon cependant, et voilà le beau du joujou qui par là s'adresse également aux grandes personnes, — un moment de stoïque patience, et, de même que le rouage, la petite colère est à bout, bébé se tait, bébé dort !

Mais ce bébé de bon enseignement, comme

le cheval articulé du même auteur, exige un outillage de plusieurs centaines de francs, — de 15 à 1800, — et va demander ses rouages à Saint-Nicolas, ce qui lui fait également un prix de revient trop élevé.

Saint-Nicolas, près Dieppe, est un centre, non pas tout à fait d'horlogerie, mais de fabrication des pièces qui composent le mécanisme des montres et des pendules. La fabrique importante où le travail s'opère renferme un atelier pour ce qu'on pourrait appeler les rouages de fantaisie : chaque inventeur y trouve des ouvriers particuliers qui, sur modèle donné, exécutent les pièces séparées dont il se réserve le secret assemblage.

Le jouet mécanique en est là. Mais s'il faut remonter à son point de départ, ce sera toute une histoire.

Il date de 1821, et l'homme qui l'inventa est un ancien marin de Trafalgar, un des derniers, sinon le dernier des survivants de ce combat dont la victoire coûta à l'Angleterre son plus grand homme de mer.

Comment passe-t-on des abordages furieux aux rêves pacifiques des enfantines récréations ? Tout est antithèse. Il était né avec une âme douce, sensible à la musique, celui-là que les levées de la marine avaient, en 1805, embarqué sur le vaisseau l'*Intrépide* qui, troué de boulets, désemparé et décimé, fut, le désastre consommé, capturé par l'anglais.

Aux prisons de Normencross, le novice français se souvint des flûtes à deux trous que, plus enfant, le long des haies normandes, il perçait dans le sureau, et des petits navires que son couteau façonnait pour les livrer aux océans oubliés par le retrait de la mer, sur les grèves de Cherbourg. Ces deux talents qu'il perfectionna lui valurent sa liberté et le mirent dans la voie où il devait trouver la célébrité.

Car ce n'est rien moins qu'une célébrité que ce M. Cruchet, ainsi qu'il se nomme, et dans les jouets, s'il vous plaît, on n'en parle qu'avec une considération marquée. On dit bien le bonhomme Cruchet, à cause de ses 80 ans passés, mais vous conduit-on chez lui, vous sentez que vous allez chez le bon Dieu du carton animé. Bonhomme accuse une vénération familière.

« Le bonhomme Cruchet, Monsieur, c'est le père de la partie. Plusieurs générations de fabricants ont, avec ses inventions, gagné des millions qu'il a dédaignés. Ce n'est pas son affaire de vendre ou d'exploiter. La création nouvelle achevée, à tous il la livre ; il en tire une autre de son cerveau. »

Il est donc resté pauvre, ce désintéressé vieillard ; il n'a que l'auréole de son génie, et néanmoins les respects et l'admiration du monde marchand qui l'entoure lui sont affectueusement prodigués. C'est consolant. Quoiqu'on crie après le siècle, vous voyez bien qu'il est encore quelque chose pour lui, au-dessus de la fortune.

On me prévint encore avant d'entrer qu'il avait conservé tous ses modèles, rangés par ordre de dates dans son atelier, comme en un musée. Musée historique, en effet, du joujou mécanique.

Ma curiosité ainsi piquée fut d'abord déçue : le bonhomme Cruchet était en déménagement. Il fallut l'aller surprendre dans les deux pièces d'entre-sol, situées au-dessus de la loge, au bout d'un escalier roide, dans le corps de devant d'une maison basse du quartier du Temple, où il s'installait.

Oh ! le beau sens dessus dessous ; l'armoire, la commode, l'établi encombrés de tous les paquets et ustensiles du ménage ou du métier, attendaient au travers de la chambre leur mise en place. Pas une chaise à offrir. Le bonhomme s'en excusait, et tout en cherchant en haut, en bas, et jusque dans le lit ouvert les objets qu'il avait à montrer, il contait son histoire. Sa vieille compagne occupée -de la vaisselle en un coin, complétait le tableau. Elle écoutait, et à mesure que son mari parlait, elle relevait la tête ; son œil animé d'une tendre fierté semblait dire : « Quel homme, et c'est le mien ! »

Ses flûtes, qui charmaient le préau, lui avaient attiré la confiance d'un gardien, joueur de clarinette. « Un garçon qui fait avec rien des instruments mélodieux doit s'entendre au métier de luthier, » pensa ce guichetier qui, un jour qu'il était arrivé un accident à sa clarinette, la lui apporta à raccommoder. Le rafistolage fut si merveilleux que l'instrument nasillard se changea en trompette pour établir par la ville la renommée du prisonnier français, qui dès lors fut appelé en consultation, au dehors, près de tous les pianos en peine d'être accordés, des hautbois et des violons malades. Une fois on lui remit une boîte de Genève dont on désespérait. Le succès dépassa toute attente. C'était déjà toucher à la mécanique.

Mais la construction navale, savons-nous, occupait en même temps les heures de sa captivité. Après de longs mois de patient travail, il livra à l'admiration de son entourage un petit vaisseau de deux pouces de long qui allait faire son chemin dans le monde. Membrures, doublage, gréement, rien ne manquait à cette miniature pour reproduire toutes les pièces d'un vrai navire. A travers les

deux bordages, on distinguait même les distribu-
tions intérieures. C'était un chef-d'œuvre d'exactitude.

De quelle façon la merveille arriva jusque sous
les yeux du Régent qui l'exposa dans son cabinet
et résolut d'en faire l'acquisition ? Je ne me le
rappelle plus au juste. Toujours est-il que le prince
en fit offrir 3o guinées, au marin français, plus sa
liberté. Et c'est ici que nous voyons accomplir
par notre bonhomme, qui n'était encore que le
novice Cruchet, un de ces héroismes qui semblent
naturels au caractère français, et qui se font
comme choses toutes simples.

— Trente guinées et ma liberté, soit, répondit
le prisonnier ; mais avec celle de cinq de mes
compagnons ; sinon, rien de fait.

La bonne femme avait raison d'être fière de son
mari.

La négociation en resta là, et la liberté des pri-
sonniers de guerre ne sonna qu'à la paix de
1815. Cruchet qui trouva sa vie à gagner à
Londres, revint par deux fois en Angleterre, d'où
la nostalgie le chassa définitivement vers 1820[1].

---

1. Ce qu'il y fabriquait comme jouet mérite d'être rap-
porté. On lui demandait des petites guillotines ; et c'est le
modèle de l'instrument de supplice qui symbolisa la terreur
de 93 en France que l'Angleterre donnait à ses enfants pour
leur servir de récréation. Il en fut fait alors des milliers.

C'est alors qu'il inventa à Paris ces jouets à pédales que les parents gardèrent d'abord des atteintes meurtrières de l'enfance, tant ils semblaient précieux. On les juchait au haut d'une étagère; on les sortait d'une armoire à certains moments : « admirez, mais ne touchez pas! » disait-on aux petites mains dont on se méfiait.

La pédale touchée, 'le personnage planté sur la boîte qui cachait le système, levait le bras, posait son chapeau sur sa tête, l'ôtait pour saluer, et du même coup tirait la jambe en arrière. D'autres fois, c'était un ivrogne qui portait une bouteille à sa bouche ; comme il reposait sur une spirale de laiton, son corps ébranlé titubait.

Mais telle était l'enfance de l'art : le mouvement horizontal ou perpendiculaire obtenu par un petit levier qui tirait une corde dans un sens ou dans l'autre, il fallait arriver aux mouvements combinés. M. Cruchet se posa le problème et se dit que s'il parvenait à réaliser le *priseur* qu'il rêvait, toute difficulté, quoi qu'on voulût imaginer ensuite, serait vaincue d'avance.

Le priseur réussi fut, paraît-il, le type des mouvements compliqués. Il tirait la tabatière de sa poche, l'ouvrait, la présentait en avant : « En usez-vous ? » la ramenait à lui, lévigeait la poudre, portait la prise à son nez, puis à petits coups

sécouait son jabot; après quoi lorsqu'il avait fermé
sa boîte et l'avait remise dans sa poche, il vous
regardait comme si vous aviez éternué : « à vos
souhaits! » ou « Dieu vous bénisse! » faisait-il, la
tête inclinée, en saluant de la main.

Le savetier, le remouleur, tous les corps de
métier, découlèrent, pour ainsi dire, de ce *priseur*.
Mais on n'est pas musicien et facteur d'instruments pour ne point appliquer sa science à son
industrie et laisser ses bonshommes muets. Le
hasard ayant apporté le joueur de clavecin de
Vaucanson à raccommoder à M. Cruchet, il en
surprit le mécanisme, le simplifia pour le joujou,
et eut aussi ses automates musiciens.

Ce ne fut pas, croyez-le, du premier coup qu'on
arriva aux bébés que vous avez entendus qui
disent : « *papa et maman,* » *et ne coûtent que*
2,000 fr., ajoutait l'étiquette dans la nouveauté.
Faire sortir un son quelconque d'un soufflet, c'est
le pont aux ânes, mais en obtenir deux notes suc-
cessives et différentes, demande un habile homme.
Les faiseurs de bébés y perdaient leur latin.

— Notre père Cruchet, vint lui dire l'un d'eux,
quelle fortune, si nos bébés disaient *papa et
maman.* Nous avons beau faire, c'est *papa* ou
maman qu'ils appellent, jamais l'un et l'autre ; pas
moyen de sortir de là. Venez-nous en aide. »

Le bonhomme Cruchet répondit : « Vous n'avez donc jamais vu jouer du cor. Adaptez un pavillon à votre soufflet, et qu'un petit ressort, comme la main du corniste, le ferme et l'ouvre tour à tour. Ouvert, vous aurez le son plein : papa; fermé, vous l'aurez sourd : maman. »

Le père des jouets mécaniques avait déjà, dans ce genre, rectifié le chant des coqs et des poules, de façon à ce que la voix des uns et des autres fût bien différenciée.

— Avant que je ne m'en fusse mêlé, nous disait le bonhomme qui a le mot pour rire, les misérables faisaient pondre des coqs.

Dire que nous avons vécu notre enfance dans cette confusion ! Un coq qui pond !! Aux yeux des politiques, ne serait-ce point de quoi expliquer le régime de 1830 ?

Mais voici un inventeur désintéressé, un ouvrier octogénaire. Comment vit-il de son art ? La question vient naturellement. Chaque année il exerce sa patience sur un petit chef-d'œuvre enfantin de mécanique et le vend 12 à 1500 francs. — A qui ? dites-vous. Vous ne voyez dans aucun salon ces pièces curieuses exposées; vous ne connaissez personne qui ait le goût de les acquérir. Il en est de ces automates comme des oiseaux de M. Bontems. Cela s'expédie à l'étranger, et il se trouve toujours un créole des colonies espagnoles, un

planteur des Indes pour faire d'un joueur de gobelets ou d'un singe violoniste le charme de son
existence. Son indolente paresse, couchée dans le
hamac, ne se lassera jamais de sourire à leur acti-
vité mécanique. Quelle joie encore de les mettre
en mouvement devant les invités des habitations
voisines, pour qui ce sera chaque fois sujet d'admiration nouvelle. Il a le droit d'être fier, l'heureux
possesseur de telles merveilles.

Ceux qui les exécutent ne sont jamais, non plus,
sans poursuivre une chimère qui sera leur titre à
la gloire. Celle que caressait M. Bontems, c'était,
avons-nous vu, de donner la parole à un manne-
quin. Mais il avait encore un autre idéal, qui le
rapprochait d'ailleurs de ses confrères ; car ils ont
presque tous le même, ces inventeurs de riens
ingénieux. Il voulait réaliser un petit char qui se
lancerait par les airs et s'y soutiendrait assez long-
temps pour qu'un propriétaire pût, à 5 ou 6 pieds
de terre, faire le tour de son jardin.

Voyez-vous, après une pluie qui a détrempé le
sol, voyez-vous la galanterie : « Belle dame, prenez
place ; qu'on vous prête, pour ne point mouiller
vos bottines, les ailes qui manquent à vos grâces
angéliques, » — et l'étonnement de la dame qui
se voit planant au-dessus des plates-bandes du
potager.

Moins ambitieux, le bonhomme Cruchet rêve seulement l'oiseau volant. Il y a là-dedans 80,000 francs à gagner. Or, considérez bien cette planchette, ces fils enroulés, ces ressorts et ces détentes, nous sommes tout près de la solution. — Le naïf rêveur a 84 ans.

O bonne Providence, il n'y a donc pas d'années qui tiennent, et tous les âges sont donc celui de l'illusion !

LA PRESTIDIGITATION

LA
RECRÉATION
AMUSANTE ET INSTRUCTIVE

certains moments, au salon des jouets, l'attention des jeunes visiteurs était vivement attirée par le roulement d'un tambour effectivement fort curieux; personne ne tenait les baguettes qui le faisaient résonner; dégagées, en apparence, de toute attache, elles obéissaient à des mains invisibles. Au-dessus se voyait suspendu un cadran de verre transparent dont les aiguilles au repos se mettaient en mouvement pour marquer l'heure que vous souhaitiez qu'il fut. C'était réellement de la magie, et tambour et cadran servaient d'enseigne *attractive* à l'exposition du prestidigitateur Voisin, fabricant d'objets de physique amusante.

Je ne m'y arrête que parce que ce magicien a
mis sa science à la portée des. enfants en leur
offrant des boîtes d'escamotages de différentes
grandeurs et de différents prix, c'est-à-dire plus ou
moins fournies de pièces à malice, suivant qu'on
désire être plus ou moins sorcier. Pour dix francs
on ne court pas le risque d'être brûlé, mais allez
jusqu'à vingt, vous serez déjà d'une jolie force et
vous commencerez à sentir le roussi. Ecoutez
plutôt quel sorcier de douze ans l'on peut être
avec la boîte de M. Voisin.

« Messieurs, Mesdames, vous voyez ce coffret,
c'est une cassette ordinaire. Assurez-vous-en,
Mademoiselle, et puis faites-moi l'amitié d'y verser
vous-même cette mesure de millet. Fermez la
boîte, je vous prie; posez-la sur cette table... à la
place que vous voudrez. Je n'y toucherai qu'avec
ma baguette. Un coup, deux coups. J'ouvre. Plus
rien, la boîte est vide. Voilà qui ne fait point votre
affaire; vous comptiez me demander ce millet pour
votre petit oiseau. Par la puissance de ma baguette
je rassemble la graine dispersée par les airs.
Rentrez, millet, passez à travers le couvercle.
Mire la ba bi! mire la ba bo! c'est fait! Mais si
j'y mets la main, on dira que j'escamote, ouvrez,
Mademoiselle, et versez dans ce cornet. »

C'est que la science de l'escamotage a bien
changé. Nous n'en sommes plus à la muscade :

« Vous la voyez au bout des doigts, entre le pouce et l'index. Une, deux, partie! D'où la tirerai-je bien? — du nez à Monsieur? La voici ; de l'oreille à Mademoiselle? la voilà. »

La carte forcée, la coupe sautée, le nœud du mouchoir, ne sont plus de mode. Il y fallait de l'adresse, de la dextérité. Aujourd'hui, le change sous les gobelets se pratique au moyen de tables à pédales, et les tours les plus extraordinaires : la naissance des fleurs, les bouteilles inépuisables, ne sont que pièces mécaniques, trucs et doubles fonds, inventions ingénieuses qui, pour la plupart, demandent certaines connaissances pratiques de physique. Dans ces données, Robert Houdin, qui s'intitulait ingénieur physicien, fut un grand novateur; on lui vit, le premier, appliquer l'électricité à la magie blanche. D'où il suit qu'aujourd'hui, disent les adeptes, pour exercer la profession, il suffit d'être aimable.

Aussi les ingénieurs-physiciens, les mécaniciens inventeurs du genre ne travaillent-ils point exclusivement pour les prestidigitateurs de profession ; leur clientèle d'amateurs est nombreuse. Un ensemble de pièces sorties de chez eux s'appelle un cabinet. Ils citent des gens du monde qui possèdent des cabinets dont la valeur dépasse 20,000 francs. Il n'y a donc pas lieu de s'étonner lorsqu'on

4

apprend que la seule maison de M. Voisin, la fabrique la plus importante, il est vrai, roule annuellement sur un courant d'affaires de 100,000 francs.

Les amateurs peuvent se ranger en' deux classes. Ceux qui ne songent qu'à plaire dans leur cercle privé par ce qu'on appelle un petit talent de société, soit en amusant son monde par des tours de cartes, à la fin d'une soirée qui devient languissante, soit en préméditant une séance où toutes les ressources de l'art seront déployées pour émerveiller les invités et se couvrir d'une gloire de salon, qui emprunte ses lauriers aux couronnes des Philippe, des Comte et des Bosco ; — et ceux dont la vocation moins timide ne craint pas d'affronter le public à l'occasion d'une bonne œuvre.

Parmi ces derniers on en voit de vraiment habiles, dont la réputation est fort enviable. Pas de bonne loterie de charité sans eux, et les belles dames, les plus grandes dames patronesses, les choient. Aux débutantes dans la charité, qui ont une œuvre à fonder, M. le Curé consulté convient qu'un sermon sera excellent, mais que l'attrait du prestidigitateur sera non moins profitable. « Obtenez son concours, vous aurez une quête abondante. » Heureux encore les catéchismes de persévérance qui peuvent l'annoncer au tirage de

leur loterie; ils auront à tripler le nombre de
leurs billets.

Vous souriez : « quelle singulière spécialité ! »
pensez-vous. Pas si singulière d'abord dans son
but de charité tout désintéressé, et ne plaisantez
pas nos physiciens amateurs. L'un d'eux, un charmant homme et du meilleur monde, nous disait
dernièrement : « Depuis dix ans j'ai gagné près de
300,000 francs aux pauvres. » Qu'on trouve
beaucoup d'inutiles, voire de philanthropes de profession, qui rapportent autant.

Chaque année le commerce des pièces de physique amusante voit éclore des nouveautés. Il y a
quelques années, M. Voisin avait monté un
arlequin qui sortait d'une malle et s'asseyait sur le
rebord; malgré la musique qui accompagnait ses
mouvements, il semblait peu s'amuser; il étirait
les bras, se renversait et baillait à se décrocher
la mâchoire; mais il se redressait tout à coup
comme s'il avisait un heureux passe-temps; il
fouillait à sa poche, en tirait une pipe qu'il allumait
et dont il secouait la cendre après l'avoir fumée
avec tout le béat sérieux d'un bon flamand devant
un pot de bière.

L'an passé, c'était une guirlande dont les roses
s'épanouissaient pour offrir la carte secrètement

choisie. Etait-ce bien elle qui apparaissait dans les feuilles de la première rose éclose? Non. Était-elle dans la seconde? Non plus. Que voulait dire ceci? Ah! rien d'étonnant, la carte n'avait pas quitté le mouchoir où elle avait été renfermée. On voyait bien alors que le rosier n'y mettait pas de bonne volonté. Pour forcer sa complaisance, il fallait avoir recours aux grands moyens. La carte mise en morceaux servait de bourre au pistolet du physicien. Quelqu'un visait la rose du milieu et, le coup parti, la carte se montrait intacte au fond du calice.

L'an prochain, — que le pistolet s'en mêle ou non, — ce sera quelqu'autre surprise. Cependant le coup de pistolet est pour plaire dans une séance bien entendue, et ne manque jamais son effet.

Nécessairement, les amateurs ont l'ambition de posséder les nouveautés qui paraissent, mais — c'est là une particularité de ce commerce, par quoi nous terminerons, — d'ordinaire, les physiciens qui ont l'honneur de travailler devant les têtes couronnées, en achètent la primeur pour l'exploiter pendant un certain temps; elle appartient, comme de juste, avec un droit exclusif, au premier qui se présente et qui en donne le prix convenable. On passe contrat; le secret est vendu pour tant d'années; « je ne saurais vous le révéler avant un an, deux

ans, plus ou moins, répond M. Voisin, à l'amateur
désappointé. »

Un détail encore. A quelle classe de la société
appartient le plus grand nombre d'amateurs? Il
se compte parmi les officiers de toutes armes qui
ont des loisirs de garnison à occuper. Les plus
forts sont nécessairement dans l'artillerie qui se
recrute par l'école polytechnique.

Je reviens à M. Dehors dont on se rappelle les
beaux ménages en métal que la galvanoplastie a
dorés ou argentés pour en faire de la vaisselle plate
à l'usage des belles poupées qui prennent naissance
chez lui et qui n'ont qu'à choisir, dans ses ateliers
de confection, les toilettes à leur goût. — « Le rose
vous plaît-il, Mademoiselle, ou le bleu qui sied aux
blondes? » peut-on leur demander à voir leur tête
penchée qui marque l'indécision; car elles sont
articulées ces poupées; elles ont une tête en porcelaine comme les poupées Huret; mais, de plus
que leurs sœurs aînées, elles ont le mouvement
du cou qui leur permet de faire oui ou non, d'in-
cliner la tête, de la baisser ou de la relever suivant
que modestes en leur triomphe, elles ne veulent
point accabler leurs rivales d'un orgueilleux
« Faites-en donc autant! » ou qu'affirmant leur
droit contesté, elles répondent hautement : « J'ai
mon brevet! »

Je reviens à M. Dehors, comme je l'ai promis à propos des jeux instructifs.

Il en est de deux sortes. Les uns ont la prétention de suppléer l'école en apprenant ce qu'on y enseigne, comme l'histoire de France, par exemple, dans ce *jeu de l'oie*, peu renouvelé des Grecs, celui-là, — où les faits sont encadrés dans les divisions du parcours des dés, et où les oies qui font avancer ou rétrograder les joueurs sont remplacés par des événements qui ont donné l'essor au progrès ou qui l'ont reculé. Je ne pense pas qu'avec cette méthode on arrive bien sûrement au grand prix d'histoire au grand concours. Les Allemands qui niaisent gravement sont très-forts sur ces inventions. Il faut les leur laisser. Les enfants n'y apprennent pas grand chose, c'est clair. S'ils s'y amusent beaucoup, on peut en douter.

Ce qui plait par-dessus tout à l'enfance, c'est l'action, l'imitation des choses qu'accomplissent les grandes personnes. Les petits garçons, aux Tuileries, sont cochers avec passion et soldats avec sérieux; maçons avec délices si, dans un coin du jardin paternel, ils peuvent sans être vus gâcher la terre. Les natures moins turbulentes simuleront un commerce qui demande une confection de paquets, des balances et un change de monnaies. On les verra dans un port de mer creuser des bateaux, et partout s'escrimant avec le crayon, la règle et le pinceau, pratiquer le bonhomme, la maison et le barbouillage, qui sont aspirations vers le dessin, la peinture et l'architecture, laquelle souvent commence par le château de cartes et la tour de dominos.

La voie des jeux instructifs est ainsi indiquée, et nous devons louer M. Dehors de l'avoir compris dans les boîtes de dessin, de pastel, d'aquarelle et d'architecture, qu'il compose avec un soin très-entendu, disons même une science intelligente. Dans chaque boîte munie des objets et des ustensiles nécessaires, se trouve une instruction de 150 lignes au plus qui, dans la boîte d'aquarelle, se nomme : *Théorie simplifiée des couleurs.*

Voilà bien le point essentiel. La nature ne donne que sept couleurs, et même à bien dire que trois qui sont les primitives, et desquelles naissent toutes les autres. Quelque nombre de pains de couleur qu'une boîte d'aquarelle contienne, que de nuances manqueront pour embarrasser le petit peintre qui aura le souci du ton juste!

Les trois couleurs mères, explique M. Dehors, sont le *bleu,* le *jaune* et le *rouge.* Disposez trois bandes de chacune de ces couleurs, en triangle équilatéral. L'endroit où ces bandes se fondront formera trois losanges qui produiront l'*orangé,* le *vert* et le *violet.* Faites un second triangle avec ces nuances obtenues, vous aurez les *bruns-bleus, jaunes* et *rouges;* — et en somme neuf couleurs qui, avec des gradations plus ou moins foncées, c'est-à-dire mêlées de blanc ou de noir, engendreront toutes les autres.

Deux alinéas de l'instruction apprendront encore par une figure où les couleurs seront juxtaposées, leur rapport et leur contraste; comment, par exemple, le jaune sur un fond gris reflètera du violet. Ces deux couleurs sont ainsi complémentaires, et si vous voulez donner plus d'éclat à votre violet, il vous faut mettre du jaune à côté.

´ Deux alinéas, ai-je dit, suffisent à la nomenclature des couleurs complémentaires, et à indiquer l'influence du fond gris et du fond noir sur l'éclat, plus vif si la couleur est posée sur le premier, et très-atténué si elle est sur le second.

C'est aussi court, aussi simple que cela, c'est facile comme bonjour à saisir, et c'est bien là le grand mérite. Si après l'avoir lu et expérimenté, le bambin ne s'écrie pas : « *Anch'io son pittore!* » qu'il retourne à la corde et au cheval fondu, — c'est encore le meilleur !

Parlerai-je maintenant des jouets étrangers pour constater notre supériorité? Nous passons pour avoir en tout assez bonne opinion de nos mérites, et nous sommes un certain peuple assez semblable à cette grande dame qui était Française aussi, et qui disait : « Ce n'est pas de ma faute, je ne sais pas comment cela se fait, mais j'ai toujours raison. »

Les Anglais n'ont point proprement de fabrique de joujoux ; ils tournent les boules, montent les raquettes, les maillets de leurs jeux de crosse, de cricket et de crocket ; ils construisent des petits navires, quelques voitures mécaniques et des intérieurs : salons et boutiques disposés à l'anglaise, des jeux de cartes avec des noms de grands hommes, etc... mais en dehors de ces spécialités peu nombreuses, ils font venir le reste de partout, et tout ce que M. Cremer, le Giroux de Londres, expose, sort des fabriques de France et d'Allemagne[1].

1. L'Allemagne compte aussi la Suède parmi ses tributaires, mais ce n'est plus pour longtemps.
Point de poupées de cire ou de carton, point d'animaux habillés de peau, au premier âge des jouets en Suède, vous le pensez bien ; mais des bonshommes et des bêtes façonnés au couteau par les parents pour leurs enfants, sous la hutte couverte de neige, pendant ces longues heures qui font une nuit de six mois.
Il y a quelques lustres encore, c'était le digne couple Adam et Ève pétris dans la pâte de pain d'épice, c'étaient les produits primitifs du potier d'étain qui constituaient le bonheur des enfants du Nord rassemblés autour de l'arbre de Noël.
Le temps a marché ; il a multiplié ces moyens de communication qui sont, pour ainsi dire, des ponts jetés par le progrès entre les continents d'Europe et la péninsule Scandinave, par où passent, pour entrer chez elle, de la plus grande à la plus petite, les industries que son génie s'appro-

Les Anglais, cependant, font encore des bilbo-
quets, des émigrés ; ils font les jonchets (que la
Russie, par parenthèse, fabrique du côté d'Ar-
kangel, en os de morse), les baguenaudiers, les
solitaires, les dames et les échecs qui représentent
les jeux d'adresse, de patience, de combinaisons et
de calculs, dont la bimbeloterie réclame le monopole, — mais l'invention ne leur en revient pas, et
la fabrication ne leur en est pas, non plus, devenue
particulière, tant s'en faut. Jérusalem elle-même,
au Champ de Mars, exposait son bilboquet ;
l'Orient naturellement avait apporté ses échiquiers.

A propos de l'émigré que nous venons de nom-

priera. On reçoit d'abord de l'étranger, on suffit ensuite à sa
consommation, et bientôt on exporte à son tour.

Telle sera l'histoire des jouets en Suède. La somme était
énorme qu'elle dépensait pour son petit peuple, en casse-
noisettes de Nuremberg, en soldats de plomb, en sabres de
bois aux fourreaux ornés de pacifiques fleurs. C'était du bon
argent qui, sans retour, sortait de chez elle ; c'était trop cher
s'amuser. Halte-là ! s'est dit un M. Vesterdahl qui, depuis
quelques années, a patriotiquement fondé une importante
fabrique destinée à affranchir son pays des joujoux allemands,
et laquelle commence à donner déjà de beaux résultats.

La Suède néanmoins n'était point représentée par ses jouets
nationaux à l'Exposition universelle. C'est qu'en fait de jouet
original, elle n'a guère que son bouc de Noël qui, de
tradition, concourt à la joie de la fête avec l'arbre du même
nom. Il est fait de paille tressée et, pour être juste, ne
présente d'autre ressemblance avec le mari de la chèvre, que
le nombre de ses jambes. Mais en se rappelant la supériorité
artistique des mannequins de son exhibition de costumes
nationaux, qui reproduisaient, à faire croire à la réalité
vivante, les types des diverses provinces Scandinaves, on
peut imaginer ce que pourront être ses poupées.

mer, et qui date de 1815, rappelons qu'à l'époque
où il parut, il eut cette vogue des *questions romaines* qu'on vit au jour de l'an dernier dans les
mains de tout le monde. Il empruntait également
son nom à la politique. L'émigré était arrivé de
l'étranger avec ceux qui rentraient en France, et
par son mouvement de va-et-vient au bout d'un
fil, se prêtait assez bien à figurer allégorique-
ment le double voyage d'aller et de retour que
les émigrés firent de la frontière à Paris, et de
Paris à Gand, puis de Gand à Paris, avant et
après les Cent-Jours.

Les royalistes avaient adopté ce jeu; aussi les
personnes qui se piquaient de royalisme ne man-
quaient pas de se montrer avec leur émigré aux
promenades où la foule élégante était grande. On
marchait à pas comptés en tenant, chacun au bout
du doigt, le petit joujou en mouvement, et les
papiers du temps disent que la terrasse des Feuil-
lants, qui était un rendez-vous aristocratique par
excellence, offrait alors un singulier spectacle.

Ceci dit et la digression pardonnée, de l'Angleterre passons à l'Allemagne.

Les Allemands, dit-on, ont inventé le jouet à
bon marché, mais nos petits ménages en ferblanc
aujourd'hui, sont supérieurs aux leurs et se
vendent 70 p. o/o moins cher.

Ils ont pourtant la main d'œuvre à bas prix. A Nuremberg, siége de la fabrique des soldats de plomb, la journée de 12 heures se paye : aux ouvriers 2 fr. 5o, et aux femmes qui exécutent le coloriage 1 fr. 75, en moyenne 2 fr. Nous avons vu que dans certains ateliers parisiens, l'ouvrier en jouets pouvait gagner jusqu'à 1 fr. l'heure.

Cette fabrication de soldats de plomb, d'ailleurs, n'a pas de rivale, et nous n'avons rien à opposer à son artillerie qui range en bataille des batteries complètes, officiers et soldats, canons, caissons et prolonges. Mais ses soldats qui sont de deux sortes, plats et en relief, se vendent : plats, à la livre, 3 francs, et en relief, dans une boîte, 2 fr. la boîte composée de 5o pièces pour l'infanterie, de 15 pour la cavalerie. Quant à la boîte d'artillerie qui renferme 12 chevaux, elle monte à 3 fr. 5o. Cela ne laisse pas que d'être cher. Les jeux de patience viennent également de Nuremberg.

Le Wurtemberg a les *harmonica*, les lanternes magiques, les poissons aimantés, les chevaux en tôle, qu'on obtient par un procédé d'estampage. Deux doubles moules, rentrant l'un dans l'autre, gaufrent deux moitiés de cheval qu'une soudure réunit, et qu'on attelle à des voitures de même métal. C'est ingénieux et simple ; mais que les

modèles laissent à désirer! On avait voulu nous
flatter, et Stuttgart avait envoyé à l'exposition du
Champ de Mars, un omnibus qui indiquait l'iti-
néraire de Bastille-Madeleine. C'était sans incon-
'vénient à Paris, où cela pouvait seulement faire
sourire, mais à l'étranger il y avait de quoi perdre
la compagnie des omnibus français de réputation.

Il en était de même d'une voiture de gala qui
censément représentait celle du mariage de l'Empereur. Les huit chevaux tenus en main par des
laquais à grande livrée tiraient tous avec la même
patte levée le lourd carrosse où les dorures se
relevaient en bosse comme sur les rugosités d'une
coque de noix. L'étiquette portait cette traîtresse
mention : « Dessiné à Paris, fait à Nuremberg. »
C'était encore pour perdre notre école de réputation. Exécutée chez nous, cette voiture eût été un
petit modèle de carrosserie et le prix, certes, n'en
eût pas été plus élevé. Le chef-d'œuvre allemand
se cotait 1075 francs.

Les intérieurs en zinc de Stuttgart n'étaient
cependant pas à dédaigner. La Bavière, encore en   .
ce genre, exposait des boutiques, une confiserie
entre autres d'une réalité parfaite, bien meublée
de beaux comptoirs et pourvue d'une montre à
faire venir l'eau à la bouche aux petits passants.
Mais, de cette même confiserie, le marchand

bavarois exigeait 375 francs. C'est là ce qu'on peut appeler tenir la dragée haute.

Vous le voyez bien, si nous avons raison par nos jouets, ce n'est pas de notre faute, et notre seul moyen d'être modeste sera d'en rester là.

TABLE

Nogent-le-Rotrou, Imprimerie de A. GOUVERNEUR.

NOGENT-LE-ROTROU, IMPRIMERIE DE A. GOUVERNEUR.